Os dois corações do rei

Luiz de Souza

Título: **Os dois corações do rei**

ISBN: 9798668592425

Capa e Arte do próprio autor

Às pessoas de corações valentes,

que se dispõem a enfrentar o mundo.

O nascimento

***N**uma* época não muito remota da atual, no interior de uma terra não muito distante da que vivemos, que era conhecida por vários habitantes de todas as extensões de domínio daquele período pelo nome de Ociport, havia um povo muito animado, diferente de outros povos, que vivia numa pequena cidade chamada Adarolf, no vilarejo de Ahnatnom, que se formou em volta de um grande lago de mesmo nome, com colinas verdejantes em volta, com vastas florestas, grande variedade de animais, e de terras tão férteis, que tudo que nelas era plantado trazia bons frutos, e por motivo de tanta fartura, não se falava em miséria ou fome entre todos os habitantes que estavam sob o domínio daquele império.

Do alto dos montes se via um grande vale que se estendia terra adentro, onde se tinha uma vista maravilhosa das águas límpidas e calmas do lago Ahnatnom, e da vegetação que circundava a cidade de Adarolf, com sua abundância de árvores floridas e pequenas plantas que ornamentavam a orla do lago e do vilarejo Ahnatnom.

As casas do vilarejo eram todas bem alinhadas e planejadas, com frentes de janelas coloridas e paredes caiadas de branco. Isso porque ouviam dizer que a camada de ozônio estava sendo afetada pela liberação de gases que produziam o que chamavam de efeito estufa. Como o branco reflete a luz, isso poderia ajudar a cidade contra o aquecimento do planeta. As ruas da cidade, e especialmente do vilarejo, eram organizadas e planejadas, de forma bem simétrica e quadrada, e nas partes altas era feito nivelamento de terra, para que as casas pudessem ser construídas uma do lado da outra, com amplos jardins, e também para facilitar a locomoção. Adarolf tinha os melhores engenheiros, que inclusive ensinavam a outros povos os artifícios de seu trabalho.

Os engenheiros e arquitetos da cidade faziam tudo de acordo com a vontade do líder dominante, que vivia na sede administrativa em Ahnatnom, que era escolhido pelo líder maior, que governava todas as extensões de Ociport, e que por sua vez tinha a sede de governo em Adarolf, considerada a capital administrativa de toda a Ociport. Os terrenos da cidade, assim como os terrenos de todas as terras que estavam sob o domínio do líder maior, não tinham cercas, porque todos sabiam seus limites e respeitavam uns aos outros, o que fazia das cidades imensas extensões de jardins. Até mesmo os animais eram educados a não invadir o espaço alheio, desde seu nascimento; nenhum animal doméstico ousava entrar no quintal de seu vizinho, exceto se este o chamasse.

Ahnatnom era um vilarejo de sonhos. Para quem olhasse de fora era o vilarejo perfeito, onde o que imperava era a tranquilidade, a mansidão do povo e a cordialidade. Ninguém que fosse à cidade de Adarolf e chegasse até as imediações do lugar tinha o desejo de partir. O encanto de viver de forma tranquila e organizada era de deixar qualquer um encantado com o lugar. Não havia necessidade de se ter prisões, pois se tivesse não iria ser utilizada. A terra era fértil e produzia tudo o que o povo necessitava.

As águas do lago eram de grande importância para o sustento de todos, e por isso todos o tratavam como se fosse um membro da família. Assim ninguém o poluía nem com dejetos de esgoto, nem com lixo. Pois se ele morresse todos da cidade morreriam também. Assim, como ninguém queria morrer, todos mantinham o lago sempre bem vivo. Todo o lixo era tratado, reciclado e o que não tinha como ser reutilizado era transformado em insumos para adubos, de forma que o povo não conhecia poluição.

E nessa cidade de sonho certo dia um casal, que tinha boas condições financeiras e era membro de grande domínio do lugar, teve um filho muito bonito, que nasceu no único hospital da cidade, e lhe deu o nome de Zurc.

Zurc nasceu em berço esplêndido. Era um belo bebê, tinha uma aparência calma, a pele alva, os cabelos lisos e claros, e todos os que o olhavam se encantavam com sua beleza. Segundo comentários era a criança mais linda que já se tivera notícia. E os anunciadores de boas novas saíram comunicando entre a população o seu nascimento.

Como não tinha muito o que se comentar na região, não se utilizava outro meio de comunicação que não fosse de maneira verbal. E os anunciadores cumpriam esse importante papel. Quando surgia uma vaga era um cargo muito disputado pelos candidatos.

Seus pais, que eram de berço nobre, também se sentiam muito felizes, pelo mais novo membro de sua prole. Isso porque Zurc era o sétimo filho do casal, e o terceiro entre os meninos. Todas suas irmãs ficaram em frente de seu berço a cada dia, durante a primeira semana, só para admirar sua beleza. Os irmãos, que tinham suas atribuições na cidade, iam executar suas tarefas diárias que lhe eram atribuídas. Cada membro do povoado tinha uma atribuição e a executava com imensa satisfação. Como cada um respeitava os direitos do outro o clima sempre era de união.

Os pais de Zurc se chamavam Rodnelpse e Airolg. Era bons trabalhadores, exemplares em seus afazeres, e muito zelosos com a família.

Seus seis filhos mais velhos, já crescidos, eram educados e respeitavam cada um dos habitantes de Ahnatnom, assim como respeitavam os pais.

E Zurc cresceu e foi adquirindo a cada dia mais conhecimento e sabedoria, e seus pais se impressionavam com seus talentos, apesar de tão pouca idade.

A primeira infância

Zurc tinha apenas cinco anos quando começou a causar espanto em todos os moradores de Adarolf. Apesar de sua tão pouca idade já era adulto no pensar e no agir. Não deixava que ninguém o tratasse com desprezo. Era de caráter forte, influente, decidido, e se impunha com firmeza até mesmo com seus pais.

Exigia respeito dos irmãos, conhecia música clássica como ninguém, sabia todas as regras escritas. Tocava vários instrumentos. Era o mais qualificado de todos os irmãos. Seus irmãos algumas vezes olhavam para ele e invejavam seus talentos. Era bom em tudo o que fazia. E isso gerava um certo orgulho no coração de seus pais, Rodnelpse e Airolg.

Começou a ter reuniões com os membros do conselho que auxiliava o líder maior. Com seis anos passou a ser um dos membros do conselho político que definia o futuro de Ociport. Criou leis de exportação do que era produzido e vendido para os domínios fora de Ociport.

Isso fez com que o reino crescesse mais e mais, e o líder maior, chamado de Leafar, passou a ter cada vez mais autoridade e respeito de seu povo, com a ajuda de Zurc.

A segunda infância

A segunda infância de Zurc não foi tão diferente da primeira. Aos dez anos ele já era adulto, tanto na aparência física quanto na mentalidade.

Quando estava perto de atingir os dez anos ele começou a sentir algo estranho em seu lado esquerdo. Seu peito cresceu mais. E algo estranho começou a acontecer com seu lado direito. Era como se seus músculos se dilatassem e causassem em seu peito imensa dor.

O líder maior, preocupado com o que estava acontecendo com seu fiel conselheiro, chamou seus melhores médicos, curandeiros sábios e súditos para todas as ocasiões, e também os pais de Zurc para o castelo sede do reino.

Zurc tomou todas as medicações prescritas fielmente fornecida por seus curandeiros. Mas continuou a sentir imensa dor por muitos dias. Nenhum habitante do reino estendido conseguia compreender o que acontecia. Nunca, em nenhuma das cidades de Ociport, houve um caso semelhante ao de Zurc. Assim ninguém sabia o que fazer para ajudá-lo.

A partir do terceiro dia, desde que Zurc estava enfermo, ele começou a melhorar. E, conforme avaliação dos médicos do reino, seu coração pulsava nos dois lados do peito. Após exames mais apurados, constataram que Zurc passou a ter dois corações desde o dia em que ficara doente. No seu lado direito um outro coração passou a pulsar no mesmo ritmo do anterior. Era como se seu coração tivesse sido dividido em dois.

E no mundo daquela época este foi um caso único, muito raro, que ninguém, nem mesmo nos outros reinos, nunca tivera presenciado ou tido conhecimento da ocorrência de algo semelhante.

E a partir daquele dia Zurc passou a ser olhado e tratado com um olhar diferente por todos os habitantes do reino.

Apesar de sua idade, ele desde seus cinco anos já não tinha mais infância. Nenhuma criança brincava com ele. Ele estava muito além de fazer coisas que crianças com a idade dele faziam. Brincadeiras infantis não o fascinavam e as crianças o achavam muito velho para brincar com elas, como sua aparência demonstrava, de fato.

Seu mundo era exclusivamente o adulto, tanto no agir quanto na aparência.

A adolescência

Zurc era o mais adulto de todos os adolescentes de Ociport. Vivia o tempo todo estudando ou se exercitando, pois gostava disso, e também era excelente em cada esporte que praticava. Aos vinte anos terminara seu curso de doutorado, visto que era uma exceção.

Aos vinte anos, após terminar seu curso de doutoramento em *Análises estratégicas para controle mundial,* decidiu fazer mudanças em sua vida. Seu coração direito o impulsionava a fazer grandes planos para o reino ao qual servia. Possuía estratégias de desenvolvimento político como nenhum outro. Seus feitos estrategistas eram copiados por todos os estudiosos de outro reino, pois ele era uma referência para sua época.

Seus irmãos foram chamados por ele para que pudessem fazer parte do conselho administrativo do reino. Eram seus braços direitos, fiéis escudeiros e que tinham o mesmo interesse que ele pelo crescimento do Reino. E o reino tinha a mais forte estrutura econômica de sua época e era imitada por todos os outros reinos.

Oimetra, irmão mais velho de Zurc, tornou-se seu braço direito nas decisões do reino. Acima dele somente Zurc, e acima de Zurc somente o líder maior.

E os dois foram fiéis ao líder maior, enquanto este viveu.

A morte do líder maior

Q*uando* Zurc fez vinte e dois anos, Leafar morreu. A perda do líder maior deixou todo o reino em imensa dor, pois ele era muito estimado pelo povo. Afinal, ele foi o grande apaziguador do reino, e tudo o que o reino era foi graças ao líder maior.

O reino fez um luto de três dias. No terceiro dia, quando foi feito o enterro do líder maior, Zurc foi aclamado pelo povo para ser o líder e tornou-se o novo rei.

E Zurc sentiu seu coração esquerdo pulsar mais forte. Como a sentir desejos de querer mais, conquistar outros reinos e anexá-los a Ociport e se tornar a maior nação que o mundo podia ter conhecimento em sua época. E seu coração esquerdo, inconsequente como era, passou a transformar completamente a personalidade de Zurc. Ele, que antes era brando e fiel, passou a ser agressivo e dominador.

À noite, quando Zurc ia dormir, sentia que seus corações lutavam entre si, um queria levá-lo para os caminhos da mansidão. O outro queria levá-lo a ser um líder dominante, que não media esforços para atingir seu objetivos. E alguma vezes ele varava a noite imaginando o que faria no dia seguinte. Como seu coração dominador era mais forte passou a viver para o trabalho.

Nessa mesma época, Zurc escolheu Airelav para ser sua esposa. E esta, por sua vez, passou a apoiá-lo em suas decisões.

Devido à sua maneira ríspida, Zurc foi se afastando cada vez mais de sua família. Seus irmãos e seus pais não conseguiam manter diálogo com ele. Seu irmão que o auxiliava no conselho pediu para se afastar e foi viver no campo, longe do meio político. Seu trabalho passou a ser mais importante que tudo. Seu coração esquerdo comandava sua vida. A mansidão de seu coração direito era cada vez mais sufocada e distanciada de sua vida, como se ele morresse lentamente.

No ano seguinte Airelav ficou grávida e deu a Zurc seu primogênito.

As conquistas

Com um coração esquerdo dominante, Zurc encheu-se de grande orgulho. Como era o maior estrategista de sua época, Zurc anexou vários reinos ao seu. E todos os reinos que se tornavam parte integrante de Ociport se tornavam ricos também.

Ociport era quem ditava as leis de livre comércio mundial. A prosperidade econômica de Ociport impressionava o mundo daquela época. Muitos alunos, iniciantes em economia e comércio exterior, iam estudar no reino dominante. Isso fazia que Ociport ficasse cada vez mais rica e poderosa. E todo o mundo passou a temer Zurc.

Todo o mundo sabia que ele tinha dois corações. E, desta forma, não sabiam em qual deles confiar. Se no bom ou no ruim. Afinal este era um caso anormal. E tudo o que é anormal causa espanto para os mais vistosos olhares. Mais espanto causa ainda quando não se tem ideia de como agir e não se sabe com quem está lidando. Afinal nenhum outro ser vivente tinha dois corações. E o coração que dominava Zurc era o mais assustador.

Zurc criou armamentos, treinou uma corporação estratégica de guerra. Inventou armas que nenhum outro reino possuía. E Ociport, que antes era respeitada por sua economia, passou a partir desta época a ser temida por causa de seus armamentos e pelo início de grande conflitos entre fronteiras.

Para facilitar o domínio, ele criou cinco setores regionais.

O setor central, que era o dominante e que tinha a sede de governo, que ficava em Adarolf.

O setor norte, onde estavam as extensões territoriais conquistadas ao norte, e que tinha como sede a cidade de Sazelatrof, que falava uma língua próxima à que era falada em Ahnatnom.

O setor sul, que tinha como sede a cidade de Sapirolf, que falava um língua estranha e não compreensível pelo povo ociportês.

O setor leste, que também falava uma língua difícil de ser aprendida, e que tinha como sede a cidade de Seficer.

E por último o setor oeste, o setor mais rico de todos os que compunham o reino, com grandes riquezas naturais e minerais, com as florestas mais densas, a mais bela fauna e flora de todos os reinos do mundo.

De todos os setores do reinado dominante de Zurc, este povo era o que tinha o idioma mais suave e agradável a todos os ouvidos. Zurc falava os cinco idiomas de seu reino, mas o idioma do setor oeste era considerado como o idioma universal e comercial.

A cidade sede administrativa deste setor era Suanam. E nesta cidade se encontravam os grandes pesquisadores que para lá se direcionavam, em busca de grandes descobertas. Todos os pesquisadores que vinham de várias partes do mundo falavam o suanamês.

Cada um dos líderes setoriais escolhidos por Zurc para administrar seu reino falava o idioma setorial e também ociportês. Assim, quando Zurc não ia pessoalmente às cidades sedes para ditar as ordens, seus líderes setoriais passavam a direção ao povo. O setor central era administrado pelo próprio Zurc. O setor do norte era administrado por Ovalo, o setor do sul por Onairolf, o setor do leste por Oivil, o setor oeste por Oivilo.

E, diante de tantas, conquistas o coração esquerdo e dominante de Zurc, ao se maravilhar com orgulho de seus grandes feitos e conquistas, fez com que ele se fechasse para conselhos e começasse a causar danos em sua própria vida. E todos os membros das administrações setoriais percebiam isso.

Suas conquistas foram além do imaginado. Grandes extensões territoriais continentais se tornaram parte de seu reino. Zurc se tornou o maior líder de todos os tempos.

Mas sua frieza e falta de respeito começou a afetar a região inicial que era parte de seu primeiro reinado, e onde estava a cidade de Adarolf, e especialmente o vilarejo onde ele nascera, Ahnatnom. E o povo começou a cogitar uma rebelião.

Airelav, esposa fiel, mas que não conseguia ter diálogo com Zurc que havia adquirido outra personalidade, ao se encontrar desaminada com tanta arrogância, certa noite pegou seu filho, primogênito de Zurc, chamado de Oiliruam, e fugiu na calada da noite, indo se refugiar numa caverna, nos arredores do lago de Ahnatnom.

Os únicos que sabiam onde eles se encontravam era os irmãos e pais de Zurc, que passaram a lhes levar comida todos os dias, para que ela e seu filho pudessem se sustentar. Eles comiam do que a família de Zurc lhes dava e se banhavam e tomavam água do imenso lago, o único que não estava poluído, devido ao desenvolvimento e ao crescimento do reino de Zurc.

E o povo continuava a se rebelar com as atrocidades praticadas por Zurc, guardando a dor em seu coração.

As derrotas internas

O descaso de Zurc com sua esposa e filho era tanta que ele não se deu ao trabalho de ir procurá-los e trazê-los de volta para cuidar deles. Seu coração esquerdo esfriou seu amor por seus pais, irmãos, esposa e filho. E cada um deles sentiu imensa dor por isso. Assim como esfriou seu amor pelos familiares também ocorreu com seu antes estimado povo.

Também sua frieza fez com que seus súditos, antes tão fiéis, já não fossem mais tão fiéis assim. Afinal, já não era mais pela alegria e fidelidade que eles serviam ao Reino Maior, mas por medo de sofrer represálias.

O que antes era motivo de alegria se tornou temor. E o terror tomou conta das ruas antes tão tranquilas. As pessoas já não mais se encontravam, não se cumprimentavam e quando se encontravam para festejar era às escondidas, não porque fizessem algo errado entre elas, mas temendo fazer algo que lhes trouxesse graves consequências.

Podia-se ouvir pelas ruas os grupos reunidos discutindo estratégias de como derrubar o governo. O reino do homem de dois corações.

A maior derrota que Zurc poderia ter sofrido já tinha ocorrido. A ausência de amor. Mas outras derrotas ainda estavam por vir.

A rebelião

Certa noite, após muita balbúrdia em frente à sede de governo, o poderio militar se aliou ao povo e deu um golpe de estado em Zurc.

Zurc, em desespero, sem ter o que fazer, fugiu e se escondeu num lugar tranquilo de Adarolf, próximo ao vilarejo de Ahnatnom.

O Reino Maior passou então a ser administrado pelo Poder Aliado, que foi formado pela comissão representativa do povo, juntamente com a comissão militar que, através de implantações, decidiu que o novo líder do reino seria escolhido pelo povo, por meio de votação pública, um para cada setor, e que o líder maior continuaria a administrar todos os setores em Ociport, que seria a capital federal.

O líder maior passou a ser chamado de presidente legal, e os líderes setoriais passaram a ser chamados de administradores setoriais legais. Para facilitar a administração dos setores, os administradores setoriais poderiam eleger supervisores regionais, para zelar pela administração de cada cidade.

Depois de implantada, com a votação do povo, todos os novos administradores foram eleitos por voto direto, onde cada um pôde expressar publicamente em quem estava votando e o motivo, todo o novo regime administrativo foi implantado e passou a ser mais justo. Como os novos líderes foram escolhidos pelo povo, poderiam ser substituídos pelo povo, caso houvesse algum tipo de falta de decoro.

Com o passar do tempo o novo sistema administrativo se tornou tão eficaz que todo o povo se agradou com isso.

E a partir daí, foi Zurc que passou a planejar uma rebelião, enquanto estava refugiado nos arredores de Ahnatnom.

Ele ainda não tinha reencontrado a esposa e filho. Passaram-se alguns anos. E Airelav percebeu que Oiliruam era um menino normal, como todos os outros de sua infância. Ele não tinha nada da personalidade de seu pai Zurc, embora fosse sangue de seu sangue.

As transformações

***D**epois* de alguns anos, quando Zurc ainda estava refugiado em Ahnatnom, algumas mudanças foram acontecendo dentro de si.

Oiliruam, seu filho desaparecido, ficou doente ao completar dez anos, precisava de ajuda e Airelav não sabia o que fazer para que ele se recuperasse. Foi então que ela partiu, à procura de Zurc. Com a ajuda dos irmãos e pais de Zurc, eles vasculharam todos os arrebaldes de Adarolf e, por fim, encontraram-no descansando na sombra de uma árvore, no alto de um morro, numa bela casa, que embora fosse distante, tinha vista para o lago e vilarejo de Ahnatnom.

Zurc, percebendo o quanto seu coração esquerdo errara, resolveu lutar contra ele mesmo, em seu interior, fazendo com que seu coração direito fosse mais forte. Lutou em mente e sentimentos. Brigou com suas emoções e caráter. Em seu interior ocorreu uma verdadeira guerra. Percebia agora que domínio de poder e coisas materiais não era tudo em sua vida.

De nada adiantava conquistar tantas coisas neste mundo, e não ser no fundo feliz. Olhou para o pé do morro e via lá embaixo, vindo da beira do lago, a silhueta de uma mulher com jeito de cansada, com uma criança no colo, bem maior que um bebê, como se o peso da criança a forçasse a andar cambaleando, e por algum motivo sentiu pena daquela mulher, algo que não sentia por ninguém há muito tempo. Pela sua visão calculou que aquela criança, à distância, aparentava ter cerca de sete anos.

Ele só não sabia que se tratava de seu filho, e que ele tinha na verdade dez anos. Tratava-se de um menino de cabelos dourados e de olhar muito triste, olhar de quem sofreu muito na vida e não teve o acalento do pai nos momentos de dor, o olhar de quem tinha algo faltando dentro si. Talvez saúde. Talvez o pai. Talvez a união de uma família dentro de um lar.

Sentindo pena da mulher, saiu caminhando, indo em seu encontro, embora não fosse perto. Desceu cada quilômetro com força de vontade, no intuito de poder ajudar aquela mulher a carregar o filho até onde ela precisasse ir.

Caminhar era seu único meio de transporte. Se ela tinha forças para carregar uma criança, ele tinha mais força ainda e queria fazer algo para ajudá-la. Desceu o morro e foi ao encontro deles. Depois de algum tempo de caminhada, ele finalmente chegou e aproximou-se deles. Ela parecia ter semblante triste. De alguém que sofreu muito. E de fato Airelav, juntamente com seu filho, tiveram muitas dificuldades.

Ao se aproximar mais, Zurc se impressionava com o que via. Com aquela mulher e aquela criança e com seu coração.

Quando parou para olhar em seus olhos, via naquela mulher um semblante familiar. Olhou novamente. Embora mais envelhecida e sofrida, ele percebeu que estava diante de sua mulher desaparecida.

E olhou para a criança. Não sabia quem era, mas algo em seu coração de pai lhe dizia que se tratava de seu filho. Um filho meio abatido e triste. Ao ver que se tratava de fato de sua mulher Airelav, Zurc se prostrou no chão em prantos e lhe pediu perdão.

Ela se abaixou, deu-lhe um beijo na face, e entregou o menino em seus braços, ele o pegou, abraçou e sentiu por ele um imenso amor. Sentiu naquele instante como se fosse perdê-lo para sempre.

Sentia seu coração pulsar diferente, como quando ele tinha dez anos. E ele via naquele menino sua imagem quando tinha a mesma idade que ele. Ao olhar nos olhos do filho, começou a chorar mais uma vez.

O menino embora doente, ao sair dos braços de Airelav e ir para seus braços, deu-lhe um leve sorriso, e ele, com olhos de pai, o fitou com muita dor. Dor como não sentia desde que seu coração direito se esfriou e seu coração esquerdo passou a dominá-lo. Ao tocar a criança, esta lhe retribuiu com vários sorrisos. Era como se sua doença fosse a ausência do pai.

E Zurc percebeu o quanto perdeu em dez anos. Não teve seu filho ao seu lado durante todo este tempo, porque simplesmente não teve tempo. Não teve tempo nem para a esposa nem para o filho. Ambos sofreram com isso.

Nesse tempo o presidente legal era Oisorbma. Ele foi um ótimo presidente e fez muito pelo povo. Era bom ouvinte e entendia as necessidades de todos, pois ele mesmo sofrera com o poder dominante de Zurc.

A recuperação

Zurc, ao ter contato com a esposa e o filho, levou-os para morar com ele em sua casa no morro Atsivaleb, que ficava em Ahlevaliv, com sua bela vista para o lago de Ahnatnom.

Cuidou de seu único filho com todo amor. Como já havia sido esquecido pelo povo, afinal coisas ruins são logo esquecidas porque não são valorizadas, foi em busca de médicos para cuidar de seu filho. Com ajuda médica e a união familiar seu filho passou a melhorar.

E, conforme seu filho melhorava, Zurc ia adoecendo. As mesmas dores que ele sentia no peito quando passou a ter dois corações, ele voltava a sentir. Só que a dor passava toda para o lado esquerdo. E os mesmos médicos que cuidaram de seu filho passaram a cuidar dele também.

Sua esposa, Airelav, lhe dava todos os medicamentos prescritos, mas sua dor não passava. Era como se nenhum remédio no mundo curasse sua dor. E ele lembrou de seu sofrimento de quando tinha dez anos, a mesma idade de seu filho.

Após alguns dias de sofrimento, o peito de Zurc começou a diminuir do lado direito. Achou que estava morrendo, pois era onde estava seu coração direito. De repente, ele passou a não sentir mais seu coração direito; sentia somente o coração esquerdo pulsar mais forte.

Achava que ia ser mau e dominador novamente, visto que este foi o coração dominante. Mas mudanças começaram a ocorrer. Os dois coração de Zurc se unificaram. Na verdade, seu coração direito não parara de bater. Unira-se com o esquerdo. E como ambos passaram a ser um só, ficaram do mesmo tamanho do coração direito anterior, só que unificados.

Zurc não cria no que sentia e no que estava ocorrendo. Os médicos, que não tinham feito nenhuma incisão cirúrgica ficavam abismados. Que grande milagre. Dois corações unificados num só. Que dizer?

Naquela noite Zurc pôde dormir com tranquilidade. A tranquilidade de saber que agora ele tinha novamente um só coração, como quando viera ao mundo. Um só coração como todas as outras pessoas.

Chorou de alegria. Seu coração lutava contra o bem e contra o mal como todo mundo agora. Não tinha mais dois corações, para impulsioná-lo para um lado ou para o outro. Um só coração podia fazer dele uma pessoa comum de novo. Ficou feliz, abraçou o filho, beijou a esposa, e sorriu. Que felicidade. E seu filho ficou completamente curado, e viveu por muitos anos até sua velhice.

Sua felicidade foi tanta que seu filho percebia isso. Seu filho se animava. Seu filho sorria. Sorria como não sorrira mais desde que ficara doente. Os remédios ajudaram na sua recuperação. Sua alegria também.

Sentaram-se no banco da varanda e olhavam o quanto haviam perdido por estarem separados. E também o quanto iriam ganhar por estarem juntos de novo, em Ahnatnom. O mesmo vilarejo que lhe trouxera ao mundo. O mesmo vilarejo que o trouxera para uma vida nova, ao lado de sua esposa e seu filho.

A conquista de reinos e governanças poderiam ficar para novos líderes. A verdadeira felicidade para eles naquele momento era ser uma grande família, ele, sua esposa e seu filho.

E Zurc descobriu o verdadeiro sentido da vida, ao voltar a ter um só coração.

Nota do Autor

Esta é uma obra de ficção, baseada em coisas que ocorrem no dia a dia.

Quaisquer citações referentes a nomes, acontecimentos, locais ou fatos pessoais, que possam lembrar situações, pessoas ou ocorrências históricas, foram somente uma coincidência e não intencionais.

Sobre o Autor

Escritor e poeta, autor de vários livros de poesia, contos e romance.

Obras do autor

- Gabriel's share of heaven
- The two hearts of the king
- The twin pelicans

- A Estante Mágica
- Fugas no Ocaso
- Memórias entrelaçadas no tempo
- Mundo Infinito – Um mergulho no interior da imaginação
- Os dois corações do rei
- Reminiscência do amanhecer
- Ulisses e a lenda dos Meninos Sapos

www.ingramcontent.com/pod-product-compliance
Lightning Source LLC
LaVergne TN
LVHW040916150826
845672LV00007B/2069

* 9 7 9 8 6 6 8 5 9 2 4 2 5 *